写作原来好有趣

美丽的四季

MEILI
DE
SIJI

秋卷

丁立梅 著

作家出版社

图书在版编目（CIP）数据

写作原来好有趣：美丽的四季·秋卷 / 丁立梅著 . -- 北京：作家出版社，2021. 3（2024.2重印）

ISBN 978-7-5212-0627-2

Ⅰ. ①写… Ⅱ. ①丁… Ⅲ. ①散文集 – 中国 –当代 Ⅳ. ①I267

中国版本图书馆CIP数据核字（2019）第142408号

写作原来好有趣：美丽的四季·秋卷

作　　者：丁立梅

责任编辑：省登宇　周李立

装帧设计：琥珀视觉

出版发行：作家出版社有限公司

社　　址：北京农展馆南里10号　　邮　　编：100125

电话传真：86-10-65067186（发行中心及邮购部）

　　　　　86-10-65004079（总编室）

E-mail:zuojia@zuojia.net.cn

http://www.zuojiachubanshe.com

印　　刷：北京尚唐印刷包装有限公司

成品尺寸：180×210

字　　数：80千

印　　张：6.25

版　　次：2021年3月第1版

印　　次：2024年2月第2次印刷

ISBN　978-7-5212-0627-2

定　　价：29. 80元

CONTENTS 目录

写在前面的话

一

　　每一个孩子从会说话起，其实就开始了他的创作。

　　这个时候的孩子，浑身充满着诗意的灵性。他如同春天新冒出芽的一棵小草，有着无与伦比的青嫩、清澈和清纯。

　　世界对于他来说，处处藏着神奇，清风明月、虫鸣鸟叫、花开草长、雨雪霜露，在他的眼里，都是初相见，哪一样不带着神奇的魔力？他睁着一双稚嫩的眼，靠近，靠近，再靠近，心里有着太多的为什么，哪怕一片草叶的摇动，也会让他兴趣盎然。

　　这个时候，天地就是一个魔性的城堡，推开一扇窗后，又出现一扇窗。推开一扇门后，又出现一扇门。那窗后门后藏着的，都是他未知的惊喜。他充满好奇，充满探究的欲望。认知世界，在他，就如同寻宝一般。

他的想象，开始蓬勃生长，小小脑袋里，挤满若干新鲜好玩的东西。他急于表达，从一个词开始，到一句完整的话，再到一口气能说上一小段的话——他在自己"创造"的语言里陶醉，乐而忘返，不知疲倦。

他不知道，他这是在"写作"，他在进行着一项有趣的，能够塑造他身心的事情。这段时期，倘使我们成人能够俯身向下，能够参与到他的世界中去，能够鼓舞他，赞赏他，不把他的童言稚语当幼稚，而是跟着他自由的性灵，天马行空地飞翔，惊喜着他的惊喜，好奇着他的好奇，适时地引领着他，向着事物的更深处漫游，呵护着他的那份天真，让一颗孩童的心，永远鲜艳地驻扎在他的身体里，那么，写作将会成为他最喜欢做的事，成为他的习惯和日常，就像呼吸一般。它是他亲密的伙伴，不可分离，到那时，他哪里还会惧怕它！纵使他长大后，不能成为一个诗人，一个作家，但他的眼睛和心灵会因日日有文字的浸润和相伴，而保持着洁净和纯粹，善良和美好，他的人生，会因此充满勃勃生机和无穷的趣味，灵魂因此而高贵，而闪闪发光。

写作，原是人生的一种修为。

二

孩子们为什么怕写作？那是因为他们不感兴趣。孩子们为什么对写作不感兴趣？那是因为写作不是出于他们本性和自由的需要，而是外界强迫的，是为了考试，是为了分数。倘若你问孩子们，为什么不喜欢写作呢？孩子们会异口同声告诉你：不——好——玩！

不好玩的事情，哪里能做得好！

写作若是会说话，它一定要大呼冤枉。它本是多么好玩的一件事，就像画画，就像唱歌，完全是出于内心的渴求，而不由自主发出的声音。文字，是在纸上行走的音符和声音。可是，它被谁给玩坏了，玩得面目可憎起来？让爱它的心，一点一点冷却、冷淡，最终冷漠。

我想到远古的先人们，在那样的蛮荒之中，心中的热爱，却旺盛似火。他们在旷野里劳作，在田间地头欢唱，唱眼中所见到的自然万物，唱心中的悲喜，唱出一部《诗经》来。"关关雎鸠，在河之洲。窈窕淑女，君子好逑"，多好啊，蓝天下，有绿洲，有小小的会唱歌的雎鸠鸟，还有美好的女儿家；"采采芣苢，薄言有之。采采芣苢，薄言有之。"还是在那蓝天下，在那旷野中，车前草绿成一片汪洋，采摘的手多么灵巧，采摘的动作多像跳舞，欢快的心随着那动作忽上忽下；"葛生蒙楚，蔹蔓于野。予美亡此，谁与独处"，葛藤和牡荆纠缠在一起，野葡萄藤爬满那些低矮的灌木，我心爱的人埋葬在这里，谁与之相伴相随？——旷野里，回响的都是那悲痛的长鸣。

这才是真正的写作，从自然中来，遵从生命的本性和自由，想快乐时就快乐，想悲伤时就悲伤，天地与之同欢同悲。

三

要让孩子真正热爱上写作，就必须让孩子回到他的本性和自由中去。

孩子的本性和自由在哪里？答案：在自然里。

　　我们人类是从自然中来，像世上万物一样，都是自然的一分子，有着天生的灵性。然而，走着走着，却脱离了自然，变得干涩，变得冷漠，变得麻木。

　　我在一个学校做讲座，讲座前，我问满场的孩子，我说知道从你们的校门口，到这个会场，都有些什么植物吗？有哪些植物眼下正开着花？

　　我充满期待地等着，遗憾的是，没有一个孩子能答得出来。他们日日生活的校园，日日走过的路旁，植物在蓬勃地长，他们不知道。花在沸沸地开，他们不知道。他们不知道茶花开着碗口大的花。不知道石楠捧着一串串红果子。不知道紫薇的叶子变红了，比花朵更漂亮。不知道银杏金黄的叶子，像金子雕的。他们不识李树、海棠和夹竹桃，甚至，闻不到那么浓烈的桂花香。更不用说，草地上的小蓟、婆婆纳、车前草和苦荬菜了，那些活泼的小灿烂，他们视而不见着。

　　当一个孩子对所处环境已熟视无睹漠不关心，我不知道这个孩子心中还有多少欢喜和热爱。当一个孩子心中缺少热爱，这个孩子又哪来的柔软和善良？当一个孩子没有了柔软和善良，他笔下的文字，又哪里会有生命的温度和温情？

我们常常强调要让孩子多读书，让他的灵魂高贵起来，我们恰恰忽略了，让孩子多多阅读大自然这本大书。

请让孩子回到自然中去，在自然的一花一草的浸润中，在行走与探索中，唤起他热爱生命的本能，找回他的本性和自由，让他自觉不自觉地用文字欢呼，让写作成为他的日常，使他最终也成为这世界美好的一分子。

序 美丽的四季

我爱春天。

春天的模样，是儿童的模样。一切都是簇新的、青嫩的、亮堂的。

它是调皮的一个小男生，喜欢跟你捉迷藏。

它也许躲在一棵小草的嫩芽里，吹着它绿绿的小气泡，小草就一点一点探出了头。

它也许躲在一块泥土的下面，那里，一只虫子还在睡懒觉。春天伸手搔它的痒痒，在它耳边大声唤："哦，快起床，我，最伟大最了不起的春天，来啦！"虫子惊得一跃而起。

　　它也许躲在一朵花苞苞里，把里面那些红颜色白颜色黄颜色尽情地往外掏。它掏呀掏呀，手脚并用。很快，它的脸变成大花脸了，手也变成大花手了，身子呢，也被染成大花身了。于是，桃花开了，梨花开了，菜花开了，全世界的花都开了。

　　它还有可能躲在一块冰层中，用它胖乎乎的暖暖的小手，去抚那冰冷的冰，冰渐渐地软了身子。是河里的小鱼最先发现的，哦，冰消融了，春水荡漾起来了。小鱼在水里面跳起了舞。

　　它还有可能藏在一缕风里面，柔软的呼吸，让风也变得柔软。小雀儿抖抖它的小身子，闻闻香喷喷的风，不相信地扑扑翅膀。春天偷偷吻了吻它的脸，哦，多温柔啊。就像妈妈的吻。小雀儿知道是谁来了，开心地欢唱起来，春天来了，春天来了！

　　花满窗，绿满阶，这是春天的杰作。它提着一支画笔，不动声色地，就把一个世界涂满了鲜艳的颜色。

　　这个时候，宝贝，你不要坐在家里，请走出家门，跟着一缕春风走吧，跟着一朵暖阳走吧，跟着一只蜜蜂走吧，去寻找最美的春天。

我爱夏天。

夏天的模样，是少年的模样，清秀、清灵，又热情似火。它爱耍酷，喜欢着一身绿衣衫，深深浅浅的绿，把人的眼睛，都给染绿了。

它是个爱好鼓捣乐器的少年。绿影幢幢，鸟鸣清脆，一个世界，仿佛都被它安上了乐器。

蟋蟀们在草丛中吹哨子。

纺织娘在弹拨六弦琴。

知了拉呀拉呀，拉的是手风琴。知了还擅长吹长号，鼓着腮帮子吹。

青蛙使的乐器一定是架子鼓，它们总是在雨后开音乐会。

荷花的香气，乘着风一阵阵袭来。雨后的蜻蜓，立在一朵荷花上。

瓜果累累。冰镇的西瓜，咬一口，一直凉到心窝窝。

跟着乌云来的是一场雨。在雨中奔跑的少年，眉宇间都是欢畅。风被雨洗得凉爽极了，天空被雨洗得干净极了。蓝天真蓝，白云朵真白，彩虹挂在天边。

最可爱的是夏天的夜晚，星星们密密匝匝，如小蝌蚪浮游在天上。这个时候，宝贝，你不要窝在空调间里，出门去吧。到一座桥上去等风，看月亮跑到水里面，看星星们在水里面变成小鱼在游。听听草丛里虫子们的欢唱，露珠儿滴落在草叶上。如果运气够好的话，还能逢着一片小树林，会遇到提着灯笼去赴约会的萤火虫。

我爱秋天。

秋天的模样，是小公主的模样，俏皮、华丽、丰衣足食。

它有着一双巧手，开着一家染料坊。它热情地给路过门前的客人们染色，柿子染成红的，红透了。枣子也染成红的，红透了。水稻染成金黄的，黄灿灿的。枫叶染成红的，红得似火。棉花染成白的，白得胜雪。银杏叶染成黄的，像黄花朵。层林渐染，江山华贵，你眼中所见的，无一不是斑斓的、绚烂的。

风呼啦啦吹过，树叶儿落满地，像滚了一地的碎金子。

真是富有啊。

秋天当然是富有的，掏一把出来是"金子"，再掏一把出来，还是"金子"。

倘若你走过它的门前，会被它捉住，给染成一个金灿灿的人呢。

这个时候的天空，高远明净。晚上的月亮又胖又圆，像硕大的白莲花开在天上。

到处都浸泡着桂花香，厚而黏稠。走在秋天的天空下，你随便伸手一戳，都能戳上一指的香甜。

亲爱的宝贝，别在屋子里待着，出门去吧，去染上一身秋色，再捡上几枚漂亮的叶子，把秋天最美的礼物，收藏在记忆里。

我爱冬天。

冬天是一个小王子，它喜欢着一身素装，白巾束额，有点高傲，有点清冷。

可是，它的面庞多么干净，它的灵魂多么晶莹剔透。

它擅长舞剑，剑术一流。风萧萧中，树枝摇摆，犹如万剑齐舞。

它偏爱空旷和安静。这个时候，天也是高的，地也是广的，雨点落下来，会凝结成冰。这是小王子送给这个世界的珍宝。

去摸摸冰块吧。再结实的冰块，也抵挡不住我们手心里的温暖，它会一点一点融化，滋润我们的日子。

夜晚，天上的星星不多，却亮得很。像点着的烛火。月亮有时像鱼丸子，浮在一锅清汤似的云朵中。在寂静里仰头看着，看着，会有种清香和安宁。天上正举行盛宴吧，这"鱼丸子"最终会被谁吃下去？

哦，哪里来的甜香，像揭开了一锅蜂糖糕？嘘，别说话，听，谁扛着香而来？

哦，是冬天这个小王子。他的肩上，正扛着一棵开满花的树。

是蜡梅。

楼下的蜡梅开了。

雪快下了吧。雪人快来敲门了。

等雪，是多么美好的一件事。

宝贝，就让我和你一起等着吧。

① 秋天的天空

十月说来也就来了。

不过几日工夫，天空就像一把巨伞给撑开了似的，高远得很了。明净的蓝，蓝绸缎一样的，抖开来，滑溜溜的，一铺千万里。这时的天空，太像海洋了，稠稠的蓝，厚厚的蓝，纯粹的蓝，深不见底。不多的几丝云，像白菊花细长的花瓣，浮在水面上。

人在十月的天空下走，忽然有种手足无措的感觉。像在骤然间，被谁拽进一间豪华的宴会厅。宴会厅里，多的是衣香鬓影、美酒金樽。灯光闪耀辉煌，丰盛的菜肴，摆满了桌子。水果成堆，柿子、橘、大枣、石榴、香橙，只只都是饱满欢实的。菱角老得很劲

001

道了，采摘下来，用刀切开，里面全是粉嘟嘟的肉。剥了它，用瓦罐煨鸡，是再好不过的一道美味。

出太阳了！

我跑去窗口看天。天蓝云白得不像话了，我见到一堆云，像小兽一样的，趴在屋后人家的楼顶上，像人家豢养的。

这样的天空，又勾起我吃的欲望，我想起蓝玻璃碗里，搅拌着的白花花的豆腐花。整个天空，真的酷似一只蓝玻璃碗。

树木看过去很亮丽。被雨水长时间濯洗着，它们都显得异常干净，每片叶子都能当镜子使，让太阳尽情照照自己的样子。每片叶子里，也都住着一个小太阳，亮闪闪的，富丽堂皇。

秋高气爽的天，倘若你走在路上，不妨多抬头看看天空吧。这个时候的天空，必是又高又远，碧蓝如洗的。

云朵变得很有意思，它有时像雪地里踩出的脚窝，一个连着一个，往那大海深深的蓝里头去。它有时又像极一群挽着白纱的小仙子，在蓝地毯上翩翩起舞。它有时，又像是无数朵白菊花，开在蓝色的海面上。

大地之上，栾树已红成一片了，如待嫁的新娘。我总觉得这个时候，天空与大地在密商着一件什么大事。是什么呢？午后，我在东亭北路上走着，路两边全是火红的栾树，我看到天上一团云，像只白色的大鸟似的，飞着飞着，眼看着就要掉下来。

云太好了。

好像从来没有哪个秋天，会有这么好的云，一大坨一大坨的。天空大概也到了收获季节，往日种下的云朵，到秋天，也开花结果了，变得硕果累累的。

风吹着凉，一阵子一阵子的。我站在风口望云，我想看看哪坨云会被风先吹落下来。

我说它们像大轮船，一艘一艘开过来。船上也不载别的，就载着白云朵。一坨一坨的，又软又白。

真白。雪也没有它们白。

我就这么花费大半天的时间看它们，看得我的世界里只剩下一种颜色，就是白。洁白。灵魂好似被重新粉刷了一遍，也是白的，净的。

秋日的海边，寂静无声。

其实，很多时候的海边都是这么寂静吧。

这里一撮盐蒿，那里一撮茅草，海鸟像人一样的，在沙滩上漫步。

天空呢？不能看不能看，简直像是谁擎了巨型画笔，在涂画。颜料也只有两色，一色白，一色蓝。纯净的白，纯净的蓝。一笔下去，蓝色波浪起。再一笔下去，白色波浪起。如此更迭，纠缠，却生生叫人沦陷。

◆同步诗词

秋词

（唐）刘禹锡

自古逢秋悲寂寥，我言秋日胜春朝。

晴空一鹤排云上，便引诗情到碧霄。

宿建德江

（唐）孟浩然

移舟泊烟渚，日暮客愁新。

野旷天低树，江清月近人。

◆同步生字

zhòu　　zūn　　huàn

骤　　樽　　豢

◆ 同步词语

chóu	duàn	zhòu	rán	cài	yáo
绸	缎	骤	然	菜	肴

huàn	yǎng	shuò	guǒ
豢	养	硕	果

◆ 文字游戏

1. 仿写句子

（1）不过几日工夫，天空就像一把巨伞给撑开了似的，高远得很了。明净的蓝，蓝绸缎一样的，抖开来，滑溜溜的，一铺千万里。

_____

_____

（2）我跑去窗口看天。天蓝云白得不像话了，我见到一堆云，像小兽一样的，趴在屋后人家的楼顶上，像人家豢养的。

_____

_____

（3）云朵变得很有意思，它有时像雪地里踩出的脚窝，一个连着一个，往那大海深深的蓝里头去。它有时又像极一群挽着白纱的小仙子，在蓝地毯上翩翩起舞。它有时，又像是无数朵白菊花，开在蓝色的海面上。

_____

_____

_____

（4）我说它们像大轮船，一艘一艘开过来。船上也不载别的，就载着白云朵。一坨一坨的，又软又白。

_____

_____

2．短文练习

"秋高气爽，万里无云"常被大家用来形容秋天的天空。这没错，一到秋天，天空明显地高远起来清澈起来。然更多的秋天的天空，却不是万里无云的，而是有无数的白云朵在飘。那些白云朵上，映着枫叶红银杏黄，映着金色的稻浪火红的柿子。

　　眼中有物，心中才有物。宝贝，多抬头看看真实的天空，忠实于你眼睛看到的，然后，写下它。

◆涂涂画画

　　在秋天，让一只秋虫，骑上一枚枫叶，或是栾树的叶子，飞到那白茅一样的云端里去吧。这样的画面，想想就很美好。画下它吧。

② 秋天的色彩

　　"碧云天，黄叶地，秋色连波，波上寒烟翠"，在秋日的天空下走着，很自然地想起这首词。

　　秋天的壮阔，是壮阔在秋色上的。

　　植物们染着秋色，或黄，或红，或褐，或褚；流水染着秋色，或青或碧，泛着乌色，又往幽深里去；虫子们染着秋色，叫声切切，倘一碰落，就是一堆的露珠吧。一只红蜻蜓，飞过一棵天心菊去，翅膀上驮着秋色。茅花快白了头了。狗尾巴草的"尾巴"上，镶了"金粒子"，金黄金黄的。路边的几棵葵花，脑袋低垂。它们实在撑不住那果实的沉甸甸。

叶子在轻轻掉落。栾树的叶。梅树的叶。杉树的叶。梧桐的叶。无风的时候，它们也在掉落。有的发出响声，"啪嗒"一声，吓了地上的蚂蚁一跳。它们正忙着搬家。有的没有声响，悄然的。

掉落，是这个季节里，叶子们的使命。

我在纸上写下这样一句话：

　　　　愿这秋日枝头的每片叶子，都能找到归宿。

我在这句话里，独自祷告了许久。谁家的钢琴声在吟唱《秋日私语》。真是应景。风停雨歇，太阳照耀着大地，大地有琥珀之光。

喜欢这样的秋日，干净，澄明，又是华丽丽的。

一个读者在我的一篇写秋天的文章后留言，她说秋就像一只熟透了的大红石榴。这个比喻好，有香气，还带着喜气。秋天是惹人馋的。

四季皆各有各的色彩，春有春的，夏有夏的，冬有冬的，然唯"秋色"最适合轻声念出。"秋——色——"你轻轻念出这两个字的时候，真是温柔到极点，又斑斓到极点了。

秋色到底是种什么颜色呢？站在一片秋色中，你会惶恐，你会心慌，你会意乱情迷，然又是那么怡悦，怡悦到无可无不可。

你真的回答不了秋色到底是种什么颜色。说它是五颜六色五彩缤纷，都显得轻浮了。可是，真的很缤纷呵，即便随便一片草叶上，也描着万紫千红。

秋色就是这样的，随便从它家门里，走出的哪怕是一个微不足道的小丫头，也是通身气派。就像大观园里的平儿，农妇刘姥姥初见她，慌得纳头便拜，口呼"姑奶奶"。她把她当贵族少妇王熙凤了。

在秋天里，我还要劝你，多去小河边走走吧，最好是乡下的。你多半能遇到苇和茅，它们都顶着绝美的秋色，一头褐黄，一头雪白。如果是成片连在一起的，那绝对像看大片一样过瘾。千军万马跃过，也不过如此。你会又惊喜又感动，纵使行至暮色沉沉，那骨架子也不倒，这是尊严。植物也如人一样的，是有尊严的。

果实上的秋色，我就不一一细说了吧。"最是橙黄橘绿时"，说的是这样的秋色。"香稻既收八月白"，说的是这样的秋色。范仲淹有句"秋色连波，波上寒烟翠"，在秋天里念念，最是动心。再不用多说了，就这一句，足以告慰整个秋天了。

秋深了。

你在这秋深的天空下走着，往往会突然地手足无措，脚步踌躇。你不知道是眼睛醉了，还是心醉了。总之，有微醺的感觉。

这个时候，一个天地，都跟喝醉了似的，酒色上脸，有人面桃花的妙处。不期然的，你就能相遇到一树的金黄，或一树的火红。是银杏，是丹枫，是栾树。它们一点也不懂得收敛，就那样铺张着

那些好颜色。

　　风也早就喝得酩酊，走起路来，东倒西歪的。它走到哪里，哪里就晃动着一地的碎金。太阳光是金色的。落花亦是金色的。

　　更多的金，在乡下，在那些稻浪上翻滚。

◆ 同步诗词

苏幕遮

（宋）范仲淹

　　碧云天，黄叶地，秋色连波，波上寒烟翠。山映斜阳天接水，芳草无情，更在斜阳外。

　　黯乡魂，追旅思，夜夜除非，好梦留人睡。明月楼高休独倚，酒入愁肠，化作相思泪。

◆ 同步生字

lán	xūn	dǐng
斓	醺	酊

◆ 同步词语

yí	yuè		bīn	fēn		gào	wèi
怡	悦		缤	纷		告	慰

shōu	liǎn		mǐng	dǐng
收	敛		酩	酊

◆ 文字游戏

1．仿写句子

（1）一只红蜻蜓，飞过一棵天心菊去，翅膀上驮着秋色。

_____

_____

（2）风也早就喝得酩酊，走起路来，东倒西歪的。它走到哪里，哪里就晃动着一地的碎金。太阳光是金色的。落花亦是金色的。

2．短文练习

　　秋天的大地上，是写着金色的诗行的。跟着梅子老师一起出门去捡吧。也许，它写在一枚叶子上。也许，它写在一朵菊花上。也许，它写在一只蜻蜓的翅膀上。也许，它写在一声秋虫的鸣叫中……

　　好吧，把这些"诗行"汇集到一起，我们看看谁捡得最多。

◆涂涂画画

1.画一棵树，扛着一身秋色，准备去赴冬天的约。

2.秋天，果实丰收。动物们可高兴了，它们提着篮子摘呀摘呀摘果子。小熊摘了一篮子葡萄。小兔子摘了一篮子石榴。小狗摘了一篮子柿子……展开你的想象，画下这丰收场景。

③ 秋天的风

十月的风，已开始带了哨音，吹在身上，薄凉。夜晚在路边亭子里闲坐，露水调皮地溜进来，歇在发上、肩上、膝上，裸露的手臂，有了冰凉之感，必须加件厚外套才行。回家查日历得知，快寒露了。寒露过后，就是霜降。秋已走到深深处。

我和几个孩子站在一片园子里，感受秋天的风。

一个孩子说，秋天的风，像把大剪刀，它剪呀剪的，就把树上的叶子全剪光了。

我赞许了这个比喻。有"二月春风似剪刀"之说，秋天的风，何尝不是一把剪刀呢？只不过，它剪出来的不是花红叶绿，而是败柳残荷。

剪完了，它让阳光来住。这个孩子突然接着说一句。他仰向我的小脸，被风吹着，像只通红的小苹果。我怔住，抬头看树，那上面，果真的，爬满阳光啊，每根枝条上都是。树在失去叶子的同时，却承接了满树的阳光。

一个孩子说，秋天的风，像个魔术师，它会变出好多好吃的，菱角呀，花生呀，苹果呀，葡萄呀；还有桂花，可以做桂花糕。我

昨天吃了桂花糕，妈妈说，是风变出来的。

我笑了。小可爱，经你这么一说，秋天的风，还真是香的。我和孩子们一起嗅，似乎就闻见了风的味道，像块蒸得热气腾腾的桂花糕。

一个孩子说，秋天的风，像个调皮的娃娃，他把树上的叶子，扯得东一片西一片的，那是在跟大树闹着玩呢。

哦，原来如此。秋天的风一路呼啸而下，原是藏着笑的，它是活泼的、热闹的，是在逗着我们玩的。孩子们伸出小手，跟风相握，他们把童年的笑声，丢在风里。

走出园子，风继续在刮。院墙边一丛黄菊花，开得肆意流畅，一朵一朵，像新剥开的橘子瓣似的，瓣瓣舒展，颜色浓烈饱满。一个孩子跳过去，弯下腰嗅，突然快乐地冲我说，老师，我知道秋天的风还像什么了。

像什么呢？我微笑着看她。她的小脸蛋，真像一朵小菊花。

秋天的风，像一个小仙女，她走到菊花旁，轻轻吹一口气，菊花就开了。——这个孩子被自己的想象激动着，脸上泅着兴奋的红晕。

我简直感动了。可不是，秋天的风，多像一个小仙女啊！她走到田野边，轻轻吹一口气，满田的稻子就黄了。她走到果园边，轻轻吹一口气，满树的果实就熟了，橙黄橘绿。有小红灯笼似的柿子，还有青中带红的大枣，和胖娃娃一样的石榴。她走到旷野边，轻轻吹一口气，一地的草便都睡去了，做着柔软的金黄的梦。小野花们还在开着，星星点点，红的、白的、紫的，朵朵灿烂。在秋风里，在越来越高远澄清的天空下。

风起。秋天的风最是感情丰富。有时如一群戏闹的孩子，把花瓣啊树叶啊什么的，扯得到处都是；有时又如女人在耳语，细语切切；有时却急吼吼的，似脾气暴躁的男人，要奔到哪里去，十万火急，容不得一点阻留，一路呼啸。屋后的桐树，叶子又落下一层了吧。有夜归的人，走在上面，发出嘎嘎嘎的声音，如同谁在嚼烤得脆脆的红薯片。整个秋天，变得香喷喷起来。

◆ **同步诗词**

秋风辞

（西汉）刘彻

秋风起兮白云飞，草木黄落兮雁南归。

兰有秀兮菊有芳，怀佳人兮不能忘。

泛楼船兮济汾河，横中流兮扬素波。

箫鼓鸣兮发棹歌，欢乐极兮哀情多。

少壮几时兮奈老何！

◆ **同步生字**

xiù	xiào
嗅	啸

◆ 同步词语

zàn	xǔ	hóng	yùn	ěr	yǔ	hū	xiào
赞	许	红	晕	耳	语	呼	啸

◆ 文字游戏

1. 仿写句子

（1）十月的风，已开始带了哨音，吹在身上，薄凉。

_____

_____

（2）院墙边一丛黄菊花，开得肆意流畅，一朵一朵，像新剥开的橘子瓣似的，瓣瓣舒展，颜色浓烈饱满。

_____

_____

（3）秋天的风最是感情丰富。有时如一群戏闹的孩子，把花瓣啊树叶啊什么的，扯得到处都是；有时又如女人在耳语，细语切切; 有时却急吼吼的, 似脾气暴躁的男人, 要奔到哪里去, 十万火急, 容不得一点阻留, 一路呼啸。

---

2. 短文练习

秋风至, 树叶黄, 百花凋零。然它又给我们带来另一种美的震撼: 江山染遍斑斓, 橙黄橘绿。

宝贝, 请跟着梅子一起感受秋风好吗? 看它先溜上谁的眉梢, 先把谁的衣衫染黄。

秋风还会举办一场又一场华丽的盛宴, 比如, 桂花宴。比如, 栾树宴。比如, 紫薇宴。比如, 茅草宴。比如枫树宴。比如菊花宴。让所有的告别, 都成为最美好的回忆。别错过了它举办的那些盛宴哦, 用文字记下它们的隆重, 记下你的感动。

◆ 涂涂画画

画出你想象中的秋风。它是一个小仙女吗？还是一把剪刀呢？还是一个调皮的娃娃呢？还是一只爱耍酷的大鸟呢？

④ 秋天的雨

秋凉。这是今年入秋以来的第一次降温。

鸟们的叫声里，也有了凉意，但仍是清澈的、好听的。

秋雨继续。特别像一个人在诉说心事，点点滴滴，说着爱呀爱呀，愁呀愁呀。

枫树栾树都被染红了。哪堪疏雨染秋林——这才真叫人受不了呢，爱太满了！

晨起，有雨，穿的短袖衫嫌凉了，我折回屋，翻出一件开衫套着。

　　邻人相遇，脸上有喜容，站定雨中，报喜似的笑着说，下雨了呢，天凉了呢。

　　是啊，下雨了，天凉了。

　　这个夏天，真叫难挨，天地间像着了火，从南燃到北，一路燃过去。人们每日里望着天上的大太阳，发愁着，不知这样的炎热，什么时候才能过去，对秋的渴盼，特别强烈起来。

　　秋终于跟着这场雨来了。与夏日的凌厉和咄咄逼人不同，这时的雨，多了温柔意。它不紧不慢，不慌不忙，像绣娘在绣花，以天地为布，横几行，竖几行，行行复行行，密密的。秋的模样，便在它的"绣布"上一一呈现。

　　苞谷熟了。稻子黄了。红薯该挖了。葵花籽该收了。枣树上的枣，红得像少女的唇。石榴树上的石榴，跟一群胖娃娃似的，咧开了嘴在傻乐着。柿子树最入景了，一树一树的柿子，像镶着无数的红宝石，令人驻足了又驻足……

　　天阴着，间或雨。是雨丝。秋雨有时挺可爱的，它拉成丝，一根一根地飘，像在逗谁玩。又像是小猫的脚，轻轻地踩过一汪斑斓去。这时候，静坐听雨打芭蕉，或雨打荷叶，最适宜了。

夜的寂静里，我辨析着那些雨声，哪些是敲在栾树上的，哪些是敲在广玉兰上的，哪些是敲在紫薇和紫荆上的，还有几棵桂花树和蜡梅树。各各的声响，有的含香，有的含翠，有的斑斓，有的内敛矜持。若是窗台上有枯荷一盆，雨滴上面，该是声声都是怀旧的吧。走过花开明媚的盛年，有的，不是惆怅，是感激。

欧阳修有"夜深风竹敲秋韵，万叶千声皆是恨"之诗句，细细一想，真是惊心，这该是多少的恨！真是景随情迁呢。我倒是很想听听雨敲风竹，万叶千声，该是何等激情澎湃热烈洋溢！

◆ 同步诗词

栾家濑

（唐）王维

飒飒秋雨中，浅浅石溜泻。
跳波自相溅，白鹭惊复下。

◆同步生字

luán　　lài
栾　　濑

◆同步词语

nán　ái　　bān　lán
难　挨　　斑　斓

◆文字游戏

1. 仿写句子

（1）秋终于跟着这场雨来了。与夏日的凌厉和咄咄逼人不同，这时的雨，多了温柔意。它不紧不慢，不慌不忙，像绣娘在绣花，以天地为布，横几行，竖几行，行行复行行，密密的。

（2）秋雨有时挺可爱的，它拉成丝，一根一根地飘，像在逗谁玩。又像是小猫的脚，轻轻地踩过一汪斑斓去。

___

2. 短文练习

人们说，愁是心上一点秋。秋雨尤其叫人发愁，它一旦下起来，就没完没了，绵绵不尽。然在梅子老师的眼里，秋雨却有着它可爱的一面呢。每一滴秋雨里，也都有着它的好颜色，或黄，或

橙，或红，或褐色。秋雨也是一个颜料大师呢。

　　那么，请跟着梅子老师，从滴答的雨声里，找出它的欢快来。从连绵的雨丝中，描出它的可爱来。让我们用文字，赋予它美好，让我们的心，也跟着美好起来。

◆涂涂画画

　　红红的柿子，驮着一滴雨，去赶赴菊花的约会。菊花的家里，用雨织出的帘子，亮晶晶的，它们将要在雨中举行一场舞会呢。你能画出这样的场景吗？或者，画出你想象中的场景，比如火红的枫叶，被秋雨带着去旅行了。

5 秋天的清晨

　　喜欢这样的清晨，有小鸟轻啼几粒，如玉珠儿，可捡可弹。偶尔有蝉鸣声响起，吱吱，吱吱，耳语一般。少了夏天的激越，多了晶莹，如露珠。

　　喜欢渐渐变亮的天空，充满着不可言说的媚惑，是睡眼惺忪的美人，腮边还留着宿醉的酡红。

　　站窗口看，东边天朦胧着霞光，色彩不断变幻着，蟹青色的，红黛色的。村庄和树木，掩映在这样的光影中，勾勒出山峦的景象。

　　我等着那声音的响起，"老酵馒头——""老酵馒头——"男人的声音。一年四季，他的声音都会准时在清晨出现，春有春的味道，夏有夏的味道，而在这秋天里，他的声音，似乎携着桂花香了。想来他的老酵馒头，一定也充满桂花香的。

我没见过这个男人。从声音里推测，他的年纪应该在五十上下。祖上就是做老酵馒头的吧。我曾在一古镇卖草炉烧饼的店铺里，跟做烧饼的主人聊天。那是个近七十的老人了，他说他已做了五十二年的烧饼了。他的儿子也接下了他的手艺，在城里开了家烧饼店。

有承接，才有延续，这些慰藉我们肠胃的香和好，才不会消失。这些手艺人，值得我们爱戴和敬重。这个清晨，我想奔着那声音去，买几只老酵馒头回家。

晨起，多好。无喧闹，无嘈杂，天色微亮，世界还在宁静中。

花也没醒。草也没醒。我确信，一朵小菊花，在梦中一定遇到什么好事了，它的嘴唇，微微咧开。它在梦里开花了，微笑了，它自己却不知道。

真静啊，静得我想在露珠里游泳。我想潜入某片叶子里，和它一起慢慢变黄、变红。我想潜入某朵桂花中，抱着它，一起再做会儿梦。而后，和它一起，等着太阳升起来。我们欢呼，或者不欢呼，但我们都是那么欣喜，如初见。是啊，你瞧，又是新的一天，我们都还好好地活着。

秋露降了。

这是不知不觉中的事。微凉的清晨，出得门来，空气中都是秋露的味道，不由得人不深呼吸一下，发出会心的微笑，哦，秋露呢。

那是菜叶儿上的，花朵儿上的，草尖儿上的，人的眉睫上的……

秋还未深得那么狠，天气也未凉得那么透，一切还都有着碧绿的欢喜。秋露降了，莹莹复盈盈，在草尖上滚动，在成熟的稻谷上湿润，在花朵里安睡……母亲从地里归来，眉毛上沾着秋露，衣袖上沾着秋露，笑容里，也是秋露。母亲一边说，外面露水大呢。一边把一篮子羊草，倒进羊圈里。那里有羊三只，它们有着洁白的身子，温顺的眼睛。

秋露降落的这个清晨，在多年后我的记忆里反复出现，我温暖地想着母亲，想着故土。我很庆幸，我是个有根的人。

秋天就是这样的。你清早起来，瞥见院子里一盆波斯菊上，歇着露珠几颗。圆润的，晶莹的，染着霜色。小方砖铺的地面上，横七竖八躺着一些从院墙外飘来的银杏叶，都镶着金色的边儿，像黄花瓣。你一惊，啊，真的秋了。

可不是，翻日历，白露已至。

"绝顶新秋生夜凉，鹤翻松露滴衣裳。"这是写秋露的，诗里的秋露，有些像调皮的孩子，在松树上捉迷藏呢，却被更调皮的鹤，打落树下。有人从松树下过，那露，就滴到人的衣上。我很爱这句诗，读着，心里有欢喜。秋露浸润着的这个清晨，我从一排树下过，仰头，也希望有露滴落下来，湿了我的衣裳。

又一个秋露浸润的清晨，我相遇一妇人，其时她拖着一拖车的蔬菜，走在路上。那些蔬菜，全是碧绿澄清的，叶上沾着露，水灵灵的，让人不忍移了眼。妇人是要去菜场赶早市的，妇人冲我笑，说，刚下过露的菜好吃呢。我点头，停下买。妇人高兴地给我装袋，称秤。我惊讶地发现，她一只手上，断了三根手指。心里有同情暗生。妇人的脸上，却水波不兴，她一边给我装袋，一边跟我唠

叨，说，往后的蔬菜，会更好吃的，下过霜下过雪的。

突然释然，无论过去有过什么不幸，日子里，却充满期待的美好。秋露过后，会下霜。霜过后，会下雪。雪过后，春天也就不远了。

◆ 同步诗词

宿巾子山禅寺

（唐）任翻

绝顶新秋生夜凉，鹤翻松露滴衣裳。

前峰月映半江水，僧在翠微开竹房。

◆ 同步生字

xīng	tuó	jiào	qián
惺	酡	酵	潜

◆ 同步词语

mèi huò	shuì yǎn	xīng sōng	yuán rùn	jìn rùn
媚 惑	睡 眼	惺 忪	圆 润	浸 润

◆ 文字游戏

1. 仿写句子

（1）喜欢这样的清晨，有小鸟轻啼几粒，如玉珠儿，可捡可弹。偶尔有蝉鸣声响起，吱吱，吱吱，耳语一般。少了夏天的激越，多了晶莹，如露珠。

_____

_____

_____

（2）真静啊，静得我想在露珠里游泳。我想潜入某片叶子里，和它一起慢慢变黄、变红。我想潜入某朵桂花中，抱着它，一起再做会儿梦。而后，和它一起，等着太阳升起来。

_____

_____

_____

_____

2. 短文练习

　　秋天的早晨，你若出门，请深呼吸一下，再深呼吸一下，你会闻到什么？对，是露珠的味道。那种带着微微的甜，又带着微微的凉的味道像什么呢？展开你的想象，写下它们。

_____

_____

_____

_____

_____

_____

◆ **涂涂画画**

当一朵菊花沾露而开的时候，一旁的小蚂蚁笑了。它可以品尝菊花酿造的酒了。画下这个美好的场景。

⑥ 秋天的黄昏

　　乡下的黄昏，是辽阔的、博大的。它在旷野上坐着；它在人家的房屋顶上坐着；它在鸟的翅膀上坐着；它在人的肩上坐着；它在树上、花上、草上坐着，直到夜来叩门。而一年四季中，又数这秋天的黄昏，最为安详与丰满。

　　选一处河堤，坐下吧。河堤上，是大片欲黄未黄的草。它们是有眼睛的，它们的眼睛，是麦秸色的，散发出可亲的光。它们淹在一片夕照的金粉里，相依相偎，相互安抚。这是草的暮年，慈祥得如老人一样。你把手伸过去，它们摩挲着你的掌心，一下，一下，轻轻地。像多年前，亲爱的老祖母。你疲惫奔波的心，突然止息。

一个秋天的黄昏向我走来。

起初也不曾有多介意，黄昏么，哪一天都有的。我照旧散我的步，看夕阳忙着在竹林里穿针引线，给竹们穿上金缕衣。天地万物，最慷慨莫过于夕阳，每一次告别，它总要把最后一丝光最后一份暖，留给这世界。

我走到了河边。我不经意地往河里看去，我惊得差点跳起来！一河的颜料，一河的斑斓！一河的！黄昏走到了水里面。

水燃烧起来了！火红的晚霞，在水里面跳舞。仿佛无数条红鲤鱼在游，它们摇头摆尾着，活蹦乱跳着，欢欣鼓舞着。简直，疯了！

乐什么呢！

乐着的不仅仅是它们，还有河岸边的草木。草木们都披上了霓裳，光华灼灼，一齐朝着水里面走来，来跟黄昏相会。天地间，好似走着一支迎新队伍，浩浩荡荡。是《诗经》年代的那场贵族婚礼吗？"之子于归，百两御之"，场面可真够气派够奢华的。终于，草木们与黄昏在水里面相会了。大红灯笼挂起来，锣鼓喧天，鞭炮齐鸣，一场盛大的婚礼，热热闹闹地在水里面举行了！

　　这个时候，我，一个偶然路过的过客，除了热泪盈眶，实在没有别的事好做。

◆ 同步诗词

醉花阴

（宋）李清照

　　薄雾浓云愁永昼，瑞脑消金兽。佳节又重阳，玉枕纱厨，半夜凉初透。

　　东篱把酒黄昏后，有暗香盈袖。莫道不销魂，帘卷西风，人比黄花瘦。

◆ 同步生字

kāng
慷

ní
霓

◆同步词语

bó dà　　cí xiáng　　kāng kǎi
博 大　　慈 祥　　慷 慨

rè lèi yíng kuàng
热 泪 盈 眶

◆文字游戏

1. 仿写句子

（1）乡下的黄昏，是辽阔的、博大的。它在旷野上坐着；它在人家的房屋顶上坐着；它在鸟的翅膀上坐着；它在人的肩上坐着；它在树上、花上、草上坐着，直到夜来叩门。

（2）火红的晚霞，在水里面跳舞。仿佛无数条红鲤鱼在游，它们摇头摆尾着，活蹦乱跳着，欢欣鼓舞着。

_____

_____

2. 短文练习

在一树枫叶上，找找黄昏。也许，它把一颗红彤彤的夕阳扛回家了呢。不然，它的脸何以会变得那么红？

和梅子老师一起去秋天的黄昏下走一走，看看都有谁谁谁，把黄昏带回家了。展开你的想象，写下这些有趣的相遇。

_____

_____

_____

_____

_____

◆涂涂画画

画一个掉到水里的黄昏，晚霞在水里，变成了红鲤鱼。

或者，画一个你遇见的黄昏，茅草上，坐着一朵红莲花一般的夕阳。

⑦ 秋天的夜晚

满满的月光，带着露珠的沁凉，扑到我的窗前，我这才发现，秋了。

秋天的月光，不一样的。如果说夏天的月光是活泼的、透明的，秋天的月光，则是丰腴的、成熟的，千帆过尽，波平浪静。它招引得我，想到秋夜底下去。

对那人说："去外面走走？"

他几乎没有一刻的犹豫，应道："好，我陪你。"

门在身后，轻轻扣上。一前一后的脚步声，相互应和，沙沙，沙沙，我的，他的。黑夜里看不见我们的笑，但我们在笑，是两个顽皮的孩童，趁着大人们不注意，偷偷溜到他们视野之外去，心里面有窃喜。

小区睡了。夜是宁静的，更是干净的。空气里，流动着的是夜的体香，树木的、花的、草的，还有露珠的。白天的喧闹不见了，白天的芜杂不见了，连一扇铁门上的难看的疤痕，也不见了。每家每户的窗前，都悬着一枚夜色，像上好的绸缎。一切的坚硬，在此刻，都露出它柔软的内核，快乐的，不快乐的，统统入梦吧。

再也没有比夜更博大的胸怀了，它可以容下你的得意，也可以收留你的失意；它可以容下你的欢笑，也可以收留你的忧伤。夜不会伤害你。

花朵是潮湿的，比白天要水灵得多。弯腰辨认，这是月季吧？这是一串红吧？这个呢，是不是波斯菊？打碗花是一下子就认出来的，因为它们开得实在太热烈，一蓬一蓬的。尽管夜色迷蒙，还是望得见它们一张张小脸，憋得通红地开着。它们拼尽全身力气，努力绽放出自己最美的容颜，呈给夜看。

风从四面八方吹过来，薄凉的，带了露珠的甜蜜。草的香味，这个时候纯粹起来，醇厚起来，铺天盖地，把人淹没。虫鸣声叫得细细切切，喁喁私语般的。树木站成一些剪影，月光动一下，它们就跟着动一下。

秋天没有雨，晚上的夜空，就如同恩赐。澄明清澈，有月可赏。

我是看着月亮，一点一点长大的。

起初，它跟一棵初生的小草似的，羞怯怯地钻出天幕来，头顶一枚嫩嫩的白芽芽，晃呀晃的，好奇地四处张望。这之后，我眼看着它，一天一天丰满，一天一天长成。到秋分，已成胖乎乎的一团了，像朵丰腴的白莲花。

月色朦胧。

月光下，一些树木，站成淑女，身影影影绰绰。有棵树上，一片叶子特别闪亮，我以为有什么东西掉在上面。走过去看，发现它小心地盛着月光，像掬着一颗亮晶晶的心。

秋虫在一棵栾树上叫。这几天，它似乎一直待在那棵树上叫，叫得挺大声的。别的声息都没有，只它，在叫啊叫。叫什么呢？是看到月光，挺开心吗？我仰头望，想爬到树上去，和它一起叫。

桂花在不远处开。我又想变成一朵桂花，也跃上枝头去开。

遇到一刮落的树枝，躺在路中央，我弯腰捡起它，把它请进路边的草丛里。在那儿，它会化为泥土。它不会再挡了谁的路，绊了谁的脚。我忽然想，我弯腰的姿势，一定很美。

晚上有月可赏的时候，我绝不会错过。

月亮在地上作画，画素描。素描宜慢慢品，它不带色彩，空间广阔。把它比作白开水也好，白开水是最地道的水，素描也就是最地道的画。

有韵味吗？当然。我刚好走过一条林荫道，好了，脚步再也迈不了了，月亮的画作，铺满一条路。它画的枝叶，比长在树上的，要凝重得多。风来凑热闹。风晃一晃，那些"画作"就跟着晃一晃，树叶簌簌作响，水墨泼染的大好河山。

　　那人跟我说起从前事。从前过中秋，家里是买不起月饼的，就自己烙些饼来充当，都是夜里起床烙。那年中秋前夕，凌晨两点，他陪母亲一起起床烙饼，眼睁睁看着天上一个大大的月亮，被云一口一口啃没了，周遭一片寂静。这景象过去了几十年，他依然记忆犹新。

　　我听了，真想穿越过去，和那个小小少年一起，看月亮是怎样被云当作大饼，一口一口吞吃了的。

　　晚上六点多，月亮升起来了，不负众望，又圆又大，像只烤熟的馕。

　　七八点的时候，月亮已攀上了树梢，靠近了人家的屋顶。外面烤得焦黄的一层，似被谁舔去了，露出里面白软的身子。

　　这样的月亮，可称之为"十分好月"。有十分好月来照，是这个中秋最完满的收场了。

　　半夜，被月光惊醒。

　　窗户没关，月光从我大敞的窗户里跑进来，和阳台上的吊兰、珍珠莲、绣球花、蟹爪兰们嬉戏玩耍。它吵醒了它们，给它们每一个都重新梳了妆，戴上满头满身的银饰。它们似乎并不恼它，跟着它跑起来，环佩叮当。它们是要跟着它去旅行吗？

我闭上眼睛，等月光偷偷跑过来，来吻我的脸。夜，真静。

◆ 同步诗词

十五夜望月寄杜郎中

（唐）王建

中庭地白树栖鸦，冷露无声湿桂花。

今夜月明人尽望，不知秋思在谁家。

夜过借园见主人坐月下吹笛

（清）袁枚

秋夜访秋士，先闻水上音。

半天凉月色，一笛酒人心。

响遏碧云近，香传红藕深。

相逢清露下，流影湿衣襟。

◆ 同步生字

yú	chuò	bàn	lào
腴	绰	绊	烙

◆ 同步词语

fēng	yú	qiè	xǐ	bā	hén	mí	méng
丰	腴	窃	喜	疤	痕	迷	蒙

yǐng	yǐng	chuò	chuò	níng	zhòng	xī	xì
影	影	绰	绰	凝	重	嬉	戏

◆ 文字游戏

1．仿写句子

（1）满满的月光，带着露珠的沁凉，扑到我的窗前，我这才发现，秋了。

_____

_____

（2）有棵树上，一片叶子特别闪亮，我以为有什么东西掉在上面。走过去看，发现它小心地盛着月光，像掬着一颗亮晶晶的心。

（3）我听了，真想穿越过去，和那个小小少年一起，看月亮是怎样被云当作大饼，一口一口吞吃了的。

2. 短文练习

秋天的夜晚，有着无与伦比的宁静，尤其是当一轮月亮升上天空时，虫鸣声在草丛中若隐若现，月亮清清亮亮的，穿行于一些树影间。这个时候，天空和大地都被赋予温柔色，人的心也变得很柔软。在这样的月夜，请跟着梅子老师一起，和虫子对话，和星星说晚安。或许，你还有话对月亮说，对露珠说，对花朵说，那么，说出来吧，用你的文字。

收藏一个秋天的夜晚，把它装在你人生的行囊里。

◆涂涂画画

"我是看着月亮，一点一点长大的。

"起初，它跟棵初生的小草似的，羞怯怯地钻出天幕来，头顶一枚嫩嫩的白芽芽，晃呀晃的，好奇地四处张望。这之后，我眼看着它，一天一天丰满，一天一天长成。到秋分，已成胖乎乎的一团了，像朵丰腴的白莲花。"

依照这段文字，画一个慢慢长大的月亮。

⑧ 秋天的叶子

我很想知道，是从哪一片叶子开始秋的。

是梧桐叶吗？我看到有一两片飘落下来，绿里面，夹染着褐黄了。像一个人满头的青丝，在不知不觉间，也就跳出了几根白的来。——到底，不那么年轻了。

"一叶知秋"的。银杏的叶，杉树的叶，连狗尾巴草的叶，也都开始描着秋色。明着看，你一点也看不出，还是那么蓬勃蓊郁着的一堆儿，光滑鲜艳着。但细细瞧，也已然上了皱纹。

叶子的狂欢，在秋天。

　　憋了一个春，憋了一个夏，就等着秋天来临。秋天，藏着一窖的好酒，要搞庆丰宴，要搞离别宴。秋天，真忙。

　　叶子们举杯痛饮。不要扮清新，不要扮优雅，不要扮深沉，不要什么浅绿翠绿青绿了，我要大红大黄地穿将起来，唱一曲《霸王别姬》，为自己，醉一场。

　　然后，远行。每一片叶子，都有一个远行的梦。跟着风走，跟着雨走，跟着水走，跟着太阳走，跟着月亮走。到哪里去并不重要，重要的是走。它们一路走着，一路唱着歌，沙沙沙，哗哗哗。

　　你不要以为那是别离，是伤感。才不。那只是叶子们新生的开始，它们的心在燃烧。你仔细看，顺着叶脉看，你会看到，每一片叶子，都有一颗斑斓的小心脏。

　　去森林公园拍秋景。遇见一女孩，女孩是森林公园里的工作人员。她避开人群，悄声对我说，我带你去一个好地方。我跟着她，从很多棵杉树间穿过，气氛神秘又美好。然后，我们就走到一条铺满落叶的小径。一地的红，细密的，像落了一场红叶雨，

美得如仙境。

女孩轻轻说，我不让人扫，我要让它们留在这里。你看，多美啊。

我扭头看她，微胖，眼睛细小，算不得美丽。可又美得那么纯粹。才二十岁出头的年纪，不喧不闹，有颗安静的爱自然的心，真是难得。

路边梧桐树上的叶，开始掉落，一片，一片，像安静的鸟——秋叶静美。有小女孩在树下捡梧桐叶，捡一片，拿手上端详。再捡一片，拿手上端详。后来，她举着梧桐叶，跳着奔向不远处的她的小母亲。那位年轻的妈妈，正被一个熟人拽住在说话。小女孩叫，妈妈妈妈。年轻的妈妈答应着，赶紧回头，对小女孩俯下身去，一脸的温柔。小女孩举着她捡到的梧桐叶问妈妈，妈妈，这像不像小扇子？

我为之暗暗叫绝。再也找不到比这更可爱的比喻了，满地的梧桐叶，原是满地的小扇子啊。孩子的眼睛里，住着童话。

看叶子去。

出门，也就能见着了。我看到的是紫薇的叶。漂亮得像开了一树一树的红梅。每一片叶子都是花朵，它不声不响地，让它的光阴华丽成这样。一棵树的梦想是什么呢？是花开？是结果？我想，是认真度过属于它的每一个日子吧。

银杏的叶不要说了，金黄，像贵妃，珠饰满头。我在一棵一棵的银杏树下走，我也高贵得如女王。我捡了两片落叶做纪念。

梧桐树的叶子大，焦黄，像烤熟的芝麻薄饼。给谁吃的呢？我看到几只小蚂蚁在上面忙碌，它们是把它当作温床。

垂柳的叶子黄了也可爱，像金黄的马鞭子，被风轻轻挥着。

有一种树的名字奇怪：无患子。树叶子像小金鱼。一树一树的小金鱼，叫我惊诧。美！我只能这么俗地叹。

树下长椅上坐着两个妇人在聊天。旁边的娃娃车里，一小娃娃手里握着一片金黄的叶子当玩具，他的双眸，认真端详着手里的叶子，那双眸里，映着可爱的金黄。

我给各种树叶拍了照片，它们无须摆造型，就美得惊心。每一片叶子都像油画。

◆同步诗词

浣溪沙

（宋）石孝友

迎客西来送客行。堆堆历历短长亭。殢人残酒不能醒。

烟染暮山浮紫翠，霜凋秋叶复丹青。凭谁图写入银屏。

◆同步生字

wěng	jiào	shì	móu
蓊	窖	饰	眸

◆同步词语

wěng	yù	yōu	yǎ	máng	lù
蓊	郁	优	雅	忙	碌

wēn chuáng zào xíng
温 床 造 型

◆ **文字游戏**

1. 仿写句子

（1）每一片叶子，都有一个远行的梦。跟着风走，跟着雨走，跟着水走，跟着太阳走，跟着月亮走。

_____

_____

（2）我们就走到一条铺满落叶的小径。一地的红，细密的，像落了一场红叶雨，美得如仙境。

_____

_____

（3）梧桐树的叶子大，焦黄，像烤熟的芝麻薄饼。

_____

_____

2. 短文练习

秋天的叶子，胜过花朵。在秋天，无论如何，你要品尝一场叶子的盛宴才好。那上面，所有的脉络和纹路，都流淌着别离的音符，然那绝不是伤感的悲切的，而是华丽丽的。叶子的一生，是用尽热情去热爱的一生呢。

如果，叶子是一叶帆，它会飘向哪里去呢？如果，叶子是一双翅膀，它又会飞去哪里？如果，叶子是一支笔，它在大地上，会留下怎样的诗行？如果……

跟着梅子老师，一起想象一下一枚叶子的旅程吧。它要一直一直地走啊走啊，走到什么时候呢？走到哪里去呢？请你续写。

◆ **涂涂画画**

画一枚远行的秋天的叶子。它或许驾着云朵。它或许骑着秋风。它或许划着小船。它或许骑着单车……

9 秋天的虫子

秋天，蝉不那么咯吱吱叫了。虫子们的鸣声，也小而细碎起来，近似呢喃。风里捎来雨露的气息，有点沁凉。——秋天，到底来了。

想"秋天"真是一个大词。这个词能装下斑斓、华丽、丰收、辽阔、别离、寥落、清冷……有点像我们的人生，悲喜交加，一肩儿兜了。它是季节前行路上的一个驿站，季节在此打尖歇脚，慢慢洗去铅华，变得洁净清爽。冬天，就在前面等着了。

一只小虫子飞来，歇在我的衣袖上。它把我当作一棵草，还是一朵花了？我没有惊动它，任它歇着。我的身前身后，小野花们黄一朵紫一朵的，肆意无序地开着。它们好似来此游玩的仙童，在偌大的森林里，甩开脚丫奔跑。一只蝴蝶，橘黄的，艳艳的，和一朵蒲公英亲吻了许久。野葡萄的花，细碎得像小米粒，结出的果子，却有着透明的紫，跟小紫玉似的。能吃，我小时吃过。我跑过去摘下几颗，放嘴里，酸酸的，童年的滋味。几只蜜蜂也不知打哪儿来，它们忙得很，一会儿去问候小野菊，一会儿又来敲野葡萄的门。桂花的甜香，飘拂

过来。

　　夜里，忽然醒来。哪里的蝉，叫声切切，声音叠着声音。人替它忧愁着，秋别离、秋别离，生命就要离去了呀。它却一点儿也不愁，照旧叫得响亮亮的。该来的，总归会来。愁是一天，乐也是一天，干脆还是唱着过的好。它知道，有限的生命，实在容不得浪费。

◆ **同步诗词**

秋夜独坐

（唐）王维

独坐悲双鬓，空堂欲二更，

雨中山果落，灯下草虫鸣。

白发终难变，黄金不可成。

欲知除老病，唯有学无生。

◆ 同步生字

liáo	yì	bìn
寥	驿	鬓

◆ 同步词语

ní	nán		liáo	luò		yì	zhàn		sì	yì
呢	喃		寥	落		驿	站		肆	意

◆ 文字游戏

1. 仿写句子

我的身前身后，小野花们黄一朵紫一朵的，肆意无序地开着。
它们好似来此游玩的仙童，在偌大的森林里，甩开脚丫奔跑。

2．短文练习

《诗经》里有"十月蟋蟀入我床下"之句，说的是十月，天气渐渐凉了，蟋蟀们怕冷，纷纷躲进屋里，钻到人家的床下。

秋天，虫子们要做的一件大事是，寻求新的庇身之所。是的是的，它们中有很多要为冬眠做准备了。虫子们的叫声，渐渐变得柔弱。

来，和梅子老师一起，聆听秋虫的鸣唱，从它们的声音里，感受秋天的行走。写下你的感受。

秋天，就是一只虫子，慢慢走进岁月的深处，走进宁静里去。

◆涂涂画画

画一间小房子，送给蟋蟀吧。

画一张小床，送给蜻蜓吧。

画一床温暖的棉被，送给蜜蜂。

⑩ 秋天的植物

草 香

　　秋天里，总能逢到修剪草坪的。剪草机"呜呜呜"开过去，草的"长头发"，一堆堆被割下，空气中弥漫着草香，是种混合着成熟谷物之香的香。浓浓的，厚厚的，取了它，搅拌搅拌，似乎就可烙葱花饼吃。

　　好闻，真好闻。我每遇见，总贪恋地待上一待，猛吸鼻子，真好闻啊！

　　今日恰逢遇见。我站在那块修剪好了的草坪跟前，看它如新剪了头发的小孩，变得又整洁又光亮。那堆积在地上的草的"头发"，可真香哪，如果用它做个枕头，一定很好。我正这么想着，

075

修剪草坪的人过来，他冲我笑一笑，我还他一个笑。

我们的笑，软软的，也散发着草香。

下班回家，路过一片草地，小草新割了，散发出浓郁的草香。我有种冲动，想躺到那草地上去，在那草香里打上几个滚。

怎么形容这香呢？还真说不好。它不似花香，染了脂粉味。它又不似露珠雨水，带着清凉。对，它似乎有种成熟了的谷物的味道，是小麦，或是大豆。再闻，却又不是，它香得那么独特，日月雨露的精华，全在里头。你不由得张大嘴，大口大口地猛吸，五脏六腑都被它灌得醉醉的，如饮佳酿。你猛然醒悟过来，它就是草香哪，用什么也比拟不了。就像一个独特的人，你怎么看，他都与旁

人不一样。他有他特有的气质，别人模仿不来。

这是秋天的草。牛或羊，一整个冬天，都吃着这样的草。牛和羊的身上，都是草香。

扁豆花

说不清是从哪天起，我回家，都要从一架扁豆花下过。

扁豆栽在一户人家的院墙边。它们缠缠绕绕地长，你中有我，我中有你。顺了院墙，爬。顺了院墙边的树，爬。顺了树枝，爬。又爬上半空中的电线上去了。电线连着路南和路北的人家，一条人行甬道的上空，就这样被扁豆们，很是诗意地搭了一个绿棚子，上

有花朵，一小撮一小撮地开着。

秋渐深，别的花且开且落，扁豆花却且落且开。紫色的小花瓣，像蝶翅。无数的蝶翅，在秋风里飞舞蹁跹，欢天喜地。

人家的扁豆花，这个时候开得最好了。我上班的路上，有户人家，在屋旁长了扁豆。那蓬扁豆很有能耐地，顺着墙根，爬上墙，爬上屋顶，最后，竟一占天下。屋顶上的青瓦看不见了，全被它的枝叶藤蔓覆盖得严严实实。紫色的小花，一串一串，糖葫芦似的，在屋顶上笑得甜蜜。小屋成了扁豆花的小屋。我路过，忍不住看上一眼。走远了，再掉过头去，补上一眼。那会儿，我总要惊奇于一粒种子的神奇，它当初，不过是一粒小小的种子。

栾 树

又见栾树开花了，很意外。这个时候，它们该结果才对，且有不少的栾树，已扛着胜利的果实了，红彤彤一片，如撑起无数的红灯笼。我仔细察看，开花的树的确是栾树，枝头托举着一捧捧金黄嫩粉，像一群着黄衣裙的女孩子，在那儿登高望远，金光闪闪。

太耀眼了！耀眼得我得查根问底一下。这一查，恶补了一个知识，栾树原也是个大家族，有品种好些个的。我最初见到的，是全缘叶栾树，也叫"黄山栾树"。而这会儿正开花的栾树，是秋花栾树。

栾树一边开花，一边结果。开花是热烈的，结果也是热烈的。花是黄灿灿一片黄，果是红彤彤一片红。每回见着，我都要被它的气势给震住。太浩荡了！对，就是浩荡，一出手就是一片大好河山。我站在我的楼上望过去，目光所及之处，都是它，高低起伏，绿底子上，是大桶的颜料泼洒，红红黄黄，如峰如峦，如沟如壑。

栾树的果继续红着。我去一家小超市买盐，出门，被门口一树一树的红，差点惊了个趔趄。它简直红得有些吓人，一颗一颗，心一样的，抱成一团，燃烧起来，从树上，一直燃烧到地上。满地落红！却不让人感伤，只觉得美，美到极致！去日无多，它似乎紧着这最后时光，疯狂一把。它当懂得，华丽丽转身，远好过颓败萧索，更让人记挂和念想。

我在桥上停下来，望望水。岸边有花，再力花和美人蕉。与水很配。若再配上木芙蓉，会更好看。几朵凌霄花，缠在桥栏上。有花开着，总叫人高兴。

人少的地方，我看树木。路边的树木到了最好看的时候。尤其是栾树，一边开花，一边结果。细碎的黄花，一撮一撮的，黄灿灿，高踞在树上，光彩照人。而它的果，灿如红灯笼，一盏一盏，在树上悬着。似乎是某个大户人家要办喜事了，门前廊下，全挂上红灯笼了，一派的喜气洋洋。

栾树还有个好听的名字，叫"灯笼树"。很形象。

曼珠沙华

小时，我不识此花，它长在我家屋檐下，裸露着瘦瘦的筋骨，片叶不着。

秋雨滴答，水滴花开，一瓣瓣细长的花瓣，蜷着，像谁顶着一头的红卷发，又像煮熟的小龙虾，血红的，红得有些诡异。我回回见，回回都要被它惊住。

祖母叫它"龙爪花"。我想不明白，它与龙有什么关联呢？也只把好奇装在肚子里，看见它，也只远远看着。我们掐桃花，掐大

丽花，掐菊花，掐一切看得见的花，却从未曾掐下它来玩。——小孩子是顶懂敬畏的，太美的事物里，藏着神圣，亵渎不得。

民间又一说，叫它"蛇花"。

那年，在无锡。惠山上闲闲地走，满山都开着这样的花。石头旁，小径边，或是一堆杂草中。它是当野花开着的，没有一点点优越。然独特的气质，即便山野，也遮掩不了。那朵朵的艳红，把一座山，映得绚丽夺目。我掐一枝，拿手上拍照。

旁边走过三五个妇人，她们看见我，不走了，停下来对着我，叽叽咕咕说着什么，神情甚是着急。我听不懂，只能猜，以为她们在指责我乱掐花草。我很是羞愧，手上握着那朵花，扔也不是，不扔也不是。又想狡辩，啊，它是从岩石下面开出来的一朵，是杂草堆里的，是野花儿。

一中年男人走过，看到我们大眼瞪小眼的样，赶紧帮着翻译，告诉我，这些阿姨说，你手上的蛇花是有毒的，赶紧扔了吧。

我吃一惊，赶紧扔了花。

回家查资料，果然。中医典籍上叫它"石蒜"，如此记载：红花石蒜鳞茎性温，味辛、苦，有毒，入药有催吐、祛痰、消肿、止

痛、解毒之效。但如误食，可能会导致中毒，轻者呕吐、腹泻，重者可能会导致中枢神经系统麻痹，有生命危险。

这让我想起"红颜祸水"之说。君王亡国，也怨了红颜。可是，有谁想过，祸水原不在红颜，而是绊惹她的那些人啊。如这蔓珠沙华，它在它的世界里妖娆，关卿何事？你偏要惹它，只能中了它的蛊。——它就是这样的轻侮不得。这骨子里的凛冽，倒让我敬佩了。

木芙蓉

秋渐深，别的花草摇落，木芙蓉却层出不穷地开起花来，在满目萧索之中，捧出朵朵明艳。一朵一朵的红，像用上等的绢纸叠出来的，簪在枝叶间，你打老远就能望得见。夺目，太夺目了！叫人无端地高兴。

等走近了看，它纤细的枝条上，累累地鼓着的，竟都是花苞苞，家族繁盛、人丁兴旺的样子，你实在不知它后面还会冒出多少的花苞苞来。一个花苞苞就是一朵惊喜呀。你想到小时候看魔术表演，那个嘴里会喷火的中年男人，突然从怀里往外掏东西，他掏出一把的红绸子、一把的绿绸子。在大家的惊呼声中，他抖一抖手，再掏，又是一把的红绸子、一把的绿绸子。他掏啊掏啊，越掏越快，红绸子绿绸子便泉水样的，不断地冒出来，似乎怎么扯也扯不尽。

它就是花中的魔术师啊！

木芙蓉的花开得好，粉腮粉唇，像抹了胭脂。

写木芙蓉的诗词不少，数王维写的顶有人生况味：

木末芙蓉花，山中发红萼。

闭户寂无人，纷纷开且落。

山中幽深，花与人家俱寂静。

它是秋天的大美人。真正的美人。回眸一笑百媚生。它没回眸，倒是惹得我频频回眸了。一大群"美人"，荡起粉红的裙摆。我几乎没办法从它们身边走开。

枫 树

　　枫树红了，是从顶部的叶，率先红起来的。我站它旁边，看它的叶子怎样被染红。我觉得不可思议。明明几天前，我见着它还是一树青绿的。谁给它染上色的呢？是风吗？是雨吗？还是夜露？还是闲得发慌的鸟？

　　鸟只管唱歌。

　　一老者坐在枫树下的一条长凳上，他在听京剧。他微闭着眼，一边跟着哼，一边打着拍子。一树枫叶映着他的人。他许是见着枫叶红了，许是没见着。我走很远，回头，觉得那一人一树，是再搭不过的美好景致。

　　有一棵枫树，很高了。扛着一头一肩的红，红是不得了的红，红到红里头去了的红。树下，歇着一个青年，他背倚着树，在发呆。青年知道他正倚着一树的华美吗？真想他抬头看看，再看看。这样的时光，怎么度过都叫人心疼和不舍。

杉　树

我缓缓走在一片杉树林里。我成了一棵会行走的杉树。我和时光，都慢下来了。

有好一会儿，听不到声响，一点儿也听不到。没有鸟叫，没有虫鸣。它们也怕惊扰了这份宁静吧。这是十月，风，还有太阳，还有夜晚的露珠、星星和月亮，或许还有飞鸟，还有虫子，它们你一笔我一画的，在这些杉树的身上，描上了秋的影子。不算深，亦不算浅，是恰到好处的斑斓。

天光敞亮、透明。白日光幻化成无数条调皮的小鱼儿，在那些枝叶间，在林中空地上，在空地上的那些野花野草身上，蹦蹦跳跳。它们银色的影子，划过我的发，我的眉，我的肩，我的衣袖。待我想捉住它们时，它们又从我的脚跟边溜走。

突然，风起。哗哗哗，哗哗哗，所有的杉树叶，一齐欢唱起来。整个杉树林顿时山呼海啸，万马奔腾。看上去那么柔软的叶子，力量竟如此巨大！

随便一处，都可以坐下来，地上不脏的。铺着落叶的地毯，哪里会脏？我倚着一棵树，顺势坐下来，闭起眼，听树们说话。风轻时，它们的说话声也轻，有些窃窃私语的意思。像谁的手指，滑过琵琶，轻轻弹拨着。风大时，它们欢腾起来，竹板敲起来，胡琴拉起来，还有葫芦笙，还有架子鼓，还有萨克斯。好了，一首它们自编自导的交响乐，就这么热热闹闹地上演了。惊涛骇浪，仍又不失华丽浪漫。

它们这是为谁演奏呢？为我吗？我听着听着，独自笑了。

"层林渐染"这个词是用来形容这个时候的杉树的吧？那细如缝衣针似的

叶子，一点一点描上红，描上黄，是怎样的浩荡激越！它叫我无法呼吸，真的无法呼吸了。心里有一千个一万个声音说的都是，感谢上天，让我拥有明亮的眼睛，可以看到这些。

梧 桐

秋天的斑斓里，梧桐是立了大功的。

它在每一片叶子上，描着秋色，或褚红，或焦黄，或褐色。满树撑着，像立体的油画，悬在树上。

孩子们在树下捡梧桐叶。一孩子说，它像手掌。一孩子说，它像蝴蝶。一孩子说，它像扇子。一孩子说，它像小舟。孩子们的想象力很神奇，他们的世界，就是一个诗意的王国。我特喜欢"像小舟"的这个比喻，秋天的每一片叶子，都是一叶小舟，它们扯起风帆，就要乘风远航了。

每一片梧桐叶，都像是帆，鼓胀着秋色，就要远航去了。我在一个学校讲座，完了，一孩子气喘吁吁跑来，手里拿着一片刚捡到的梧桐叶，褐色焦黄的，看去，很像一张牛皮纸。孩子请我在上面签名。我高兴地一边签，一边问那孩子，为什么想到捡片梧桐叶来给我签名呢？孩子答，我觉得它很美。我抬头看那孩子，红扑扑一张脸，有着鼓鼓的额，像只饱满的橘。

桂 花

这几天，走路一不小心，就会被一个小家伙偷袭。

它偷袭你，不分场合，不分心情，不分雨天还是晴天，不分白天还是夜晚。反正只要它高兴了，它就会偷袭你。

而被偷袭的你，绝不会埋怨，绝不会厌倦，倒是要一脸讨好，欢喜心雀跃，深深吸一口气，再吸一口气，呀呀，小家伙，是你呀。

对对，它的名字，叫"桂"。

我在这时，总要追着去捉它。有时，是在一片林木后。有时，是在一户庭院里。有时，就在道旁，它站在那里静静的，笑嘻嘻等你，不藏不躲了。

花朵貌不惊人，还是那么小，米粒儿般的。跟从前一样的小。跟远古时期一样的小。

远古远到什么时候呢？那会儿，它住在深山老林里，和荆棘、葛、荨麻、野葡萄是邻居。

是谁先发现它的小身体里藏着的那一粒粒香的？我甚至能想象得到那一声惊叹的"啊"，是如何惊动了一座林子的。

啊，真香哪！

风比虫子发现得要早。虫子又比人发现得要早。

到汉代，终有人把它引种到庭院。从此，它让烟火都染上香

了，它让诗词都染上香了。

"绿玉枝头一粟黄，碧纱帐里梦魂香"，想想，世上有这样的好花好香，年年秋天都来骚扰你，也是人生幸事一桩呢。

桂花开花，一点儿不矜持，是非得闹得全世界都知道不可。蕊黄，花朵细碎，如米粉。虽其貌不扬，可人家香哪，香得那么理直气壮底气十足，它偷袭于你，叫你如何把持得住！它是粘人的小妖精，却不讨你嫌，你就那么甘愿被它俘虏，被它的香绊住脚步绊住心。你想吃桂花汤圆了。你想吃桂花羹了。桂花莲藕也正当时。如果再喝一点桂花酒，佐以桂花米糕，那日子真是太惬意不过了。

我喜欢这样地遇见它。还隔着老远的一段距离呢，它就满身喷香地跑过来了，用香吻我。我一惊一乍，呀，桂花开了呀！却不知它藏在哪里。或许在一个幽深的庭院里。或许就在路边的那些杂树丛中。

寻找它也是桩顶有情趣的事。到处去寻，穿小径，拨草丛，有时还要扒着人家的院门，往里瞅。它点着迷魂香，让你晕乎乎的。你闻着香去，以为它一定在这处，却扑了个空。它的香又跑到那里

去了。最后，终给找到，那惊喜就像捉住一个擅躲迷藏的高手，你就差得意高喊，我捉住你了！

闻够它的香，还不行，必得摘上一小把，在口袋里装装好。一路走，一路触摸着，心里真是欢喜，这人生真是十分的好啊！

到家，那手指都是香的，不舍得洗，不时举着，闻闻，独自快乐小半天。

夜色拌调，再蘸上夜风几缕，虫鸣几声，秋露几滴，外面的香，便越发地浓情蜜意起来。勾人魂。

这是秋天精心烹饪的一道大餐，"弹压西风擅众芳，十分秋色为伊忙"，偌大一个天地，都在喷着香、吐着甜，像刚出炉的蜂蜜糕。

对了，是桂花开了。

一出楼道口，花香就兜头兜脸地扑过来。我明明是有准备着的，还是觉得被它偷袭了，脚步欢喜得一个趔趄，哎，多好多好啊，是桂花哎。

小区里也不过植着三两棵桂花树，就香得无孔不入前赴后继的了。晚上，在小区里散步的人明显多了起来，人影绰绰。他们在花香铺满的小径上，来来回回地走，语声喁喁，搅动得花香，一波一波地流淌。我想，他们定也和我一样，闻着香的，有些贪恋。

草地上的几棵桂花树，也开始播着香了。别看这花模样细小，文静着、害羞着，甚至有些怯弱，像未曾见过世面的小女子，一颦一笑里，都藏着小心。事实上，才不是呢，它的性子猛烈得很，能量也大得惊人，是那种随时随地都能捋起袖子，豪气得敢跟男人拼酒的角色。它一旦香起来，那是想收也收不住的，气势磅礴得很有些撒泼的意思了。却撒泼得不惹人厌烦，反倒叫人满心欢喜，宠着、爱着，不知拿它怎么办才好。一棵树，十里香。谁能拒绝它的甜与香呢？再多一些，再再多一些，也不嫌多的啊。是恨不得和它一起撒泼，和它一起醉过去。

桂花香得很剽悍。

只要出门，就能闻见。庭院里，河边，树丛中，它势力庞大，无处不在。

不出门也能闻见。它跑在风的前头，穿庭入户，喧宾夺主，不拿自己当外人。

我们也不拿它当外人，任由着它屋内屋外乱窜。

能说什么呢！这天，是它的天。这地，是它的地。它霸道得独一无二，却不遭人嫌，闻见它的香，人都要喜出望外一声，啊呀，桂花开了呀。

当然。

它全副武装披挂上阵，所经之处，无一不对它臣服。

它是花里的穆桂英。

它的香气，乘风扶摇直上，抵达我的七楼。我在阳台上，闻见它的香。我走到客厅，闻见它的香。走到书房，闻见它的香。我去厨房，倒一杯水喝，水里面也浸着它的香。我看书，书上歇着它的香。我写字，手底下进着它的香。衣服上随便抖抖，就能抖落一堆的桂花香。

银 杏

市民广场上，长一排银杏，又一排银杏。片片叶子，都像用金子镶上去的。镶上去也便罢了，偏偏还精雕细琢了一番，镂出好看的花纹，每一片，都如一只金色的开屏的小孔雀。一树的"金孔雀"，在阳光下，怎一个富丽堂皇可比得！却又不显得庸俗，而是极其高雅端丽的，又捎带着活泼，我喊它们，"迷人的小妖精"。

银杏的叶，偏偏像花朵。一树的叶，远观去，不得了了，像开了一树金黄的花，把半角天空，都染得金黄。它是历经大富大贵的女子，活到七老八十了，还端着骨子里的优雅。——纵使转身，亦是华丽的。仲秋的天，因它，平增一分明艳。

它又是个伟大的乐师。每一片金黄的叶子里，都藏着音符。风的手指轻轻一弹，便响彻四野。当然，你若不专心聆听，是听不到的。自然的秘密，都是藏而不露的。

银杏绝对是大户人家出身的，它一旦秋起来，那通身的富

贵气，绝对耀眼璀璨，你假装看不见也不行。它就是那么雍容那么不可一世，你还能怎么样呢？你只能惊叹。我在一个从前的私家园林里，看到一地的银杏叶，铺成黄金毯。我站着看，只觉得好，好得不能再好。那个光阴，那个遇见，对我，如同馈赠。

看管园林的老人说："这叶子，我们不扫，留着看呢。"我不由得多看了老人两眼，老人瘦瘦小小的，两颊凹陷，唇旁有个蚕豆大的紫斑。这样的老人，在大街上的人群中走着，大约是没人愿意留意的。可他在一地的秋色旁站着，就有了明艳和亲切，浑身散发出满满的好意。"留着看呢。"他说。这话让我激动，多好！把秋色就这样挽留着，能留多久，就留多久。

菊 花

从前的乡下，人家的房前，或篱笆墙边，都植有几丛，或金黄灿烂，或红粉乱扑。秋来，它们且笑且开，静谧的时光里，浸泡着它们的颜色和香气。女孩子们天天有花可戴。戴一朵黄菊花，戴一朵红菊花。或者，今天戴朵黄的，明天就掐一朵红的来戴。

　　它们总要开到第一场冬雪降临。最后一抹黄，和红，会从冬雪下面探出头来，跟这个世界温柔地告别。我们路过它，疑心下面藏着一条黄帕子和红帕子。

　　一场秋雨，再紧着几场秋风，菊开了。

　　菊在篱笆外开，这是最大众最经典的一种开法。历来入得诗的菊，都是以这般姿势开着的。一大丛一大丛的，倚着篱笆，是篱笆家养的女儿，娇俏的，又是淡定的。有过日子的逍遥。晋代陶渊明随口吟出那句"采菊东篱下"，几乎成了菊的名片。以至后来的人们，一看到篱笆，就想到菊。唐朝元稹有诗云："秋丛绕舍似陶家，遍绕篱边日渐斜。"秋水黄昏，有菊有篱笆，他触景生情地怀念起陶

翁来。陶渊明大概做梦也没想到，他能被人千秋万代地记住，很大程度上，得益于他家篱笆外的那一丛菊。菊不朽，他不朽。

我所熟悉的菊，却不在篱笆外，它在河畔、沟边、田埂旁。它有个算不得名字的名字：野菊花。像过去人家小脚的妻，没名没姓，只跟着丈夫，被人称作"吴氏""张氏"。天地洞开，广阔无边，野菊花们开得随意又随性。小朵的，清秀，不施粉黛。却色彩缤纷，红的黄的，白的紫的，万众一心齐心合力地盛开着。仿佛一群闹嚷嚷的小丫头，挤着挨着在看稀奇，小脸张开，兴奋着，欣喜着。对世界，是初相见的懵懂和憧憬。

我走过一小块草地，草地的边上，有建筑正一幢连一幢地拔地而起。秋不管的，它兀自让小野菊们，黄一朵白一朵的，插满了草地。清晨的空气，薄凉得恰到好处，露珠在每一朵小野菊上停留、闪亮。我止住脚步，怔怔看那些小野菊，猜想着它们是从哪里迁徙而来。又或者，这里本来就是它们的家园，只是被贪婪的我们，一日一日给侵占了。

我不知道它们在这里，还能待多久。但我知道，只要存在一天，它们就不会放弃盛开。我看见它们，就像看见故交。也没有什么别的好说的，只在心里默默地招呼一声：

嗨，你也在这里，真好啊。

狗尾巴草

狗尾巴草站在路旁傻笑，秋天给它穿上了金缕衣，珠光宝气的。它很不习惯这身新装，觉得别扭，它还是喜欢它的土布衣衫。它不好意思地说："哎，哎，这像什么呀，这不是我嘛。"它笑得直打战，缀满头上的那些"金粒子"——它的籽，就再也撑不住了，"噗"的一声，掉下几粒来。再"噗"的一声，掉下几粒来。

来年春天，它的脚下必是一地繁茂。想想吧，谁有它足迹宽广儿孙满堂？凡是有泥土的地方，都能见到它。它在屋角下的一只破瓦盆里。它在人家屋顶上的瓦楞间。它在高高的纳木错湖畔。它在巍峨的泰山脚下。这世上，没有它到不了的地方。古人赞："野火烧不尽，春风吹又生。"那里面，断断少不了它。

◆ 同步诗词

木樨

（宋）朱淑真

弹压西风擅众芳，十分秋色为伊忙。

一枝淡贮书窗下，人与花心各自香。

月待圆时花正好，花将残后月还亏。

须知天上人间物，何禀清秋在一时。

菊花

（唐）李商隐

暗暗淡淡紫，融融冶冶黄。

陶令篱边色，罗含宅里香。

几时禁重露，实是怯残阳。

愿泛金鹦鹉，升君白玉堂。

◆ 同步生字

mí	niàng	xiān	xiè	xuàn	jīn
弥	酿	跹	亵	绚	矜

◆ 同步词语

nóng	yù		zhī	fěn		jiā	niàng
浓	郁		脂	粉		佳	酿
pián	xiān		xiè	dú		xuàn	lì
蹁	跹		亵	渎		绚	丽
jīn	chí		liè	qie		piāo	hàn
矜	持		趔	趄		剽	悍

◆ 文字游戏

1.仿写句子

（1）秋天的每一片叶子，都是一叶小舟，它们扯起风帆，就

103

要乘风远航了。

（2）我抬头看那孩子，红扑扑一张脸，有着鼓鼓的额，像只饱满的橘。

（3）夜色拌调，再蘸上夜风几缕，虫鸣几声，秋露几滴，外面的香，便越发地浓情蜜意起来。勾人魂。

（4）天地洞开，广阔无边，野菊花们开得随意又随性。小朵的，清秀，不施粉黛。却色彩缤纷，红的黄的，白的紫的，万众一心齐心合力地盛开着。

2.短文练习

秋天美，美在它的斑斓。叶子们全都换上绚丽的衣裳，仿佛要做新娘了。桂花是个专管香料的仙子吧，它一路走，一路洒着香，空气也被它染香了。菊花呢，它只管负责美美的，给这个头上簪一朵花，给那个头上簪一朵花。这样的秋天，叫人不知怎么去爱着才好。

请跟着梅子老师，去看看叶子吧。看看秋天在不同的叶子上，

会描上什么样的色彩。去闻闻桂花香吧。感受一下那浓烈的香气，是怎样从小米粒般的桂花中散发出来的。去赏赏菊吧。不同的菊花，有着不同的姿态和气息。

听听叶子们唱歌，看看菊花们跳舞，寻寻调皮的桂花，看它们躲在哪个角落里播着香。用文字记下你眼中看到的，耳中听到的，鼻子中闻到的，手里触摸到的。这些，都是秋天的小美好，也是你文字里的小美好。

◆ 涂涂画画

画一个菊花小公主，她踮着脚尖，在秋风中跳舞。

画一个桂花小王子，他调皮地躲在一个小庭院里，吹着香泡泡。

⑪ 秋天的趣事

听 秋

　　秋的色彩，眼见着夺目起来，深红，大红，浅黄，金黄。无论是收获，还是别离，皆庄严华贵得不得了。胡杨、银杏、栎树、枫树、黄栌，哪一样不是披红挂彩的？即便是野地里的野草或茅，也都有了看头。从春到夏，再到秋，多少日月精华凝结其中，积淀深厚着呢。

　　这个时候，宜踏足远行，宜登高望远。

　　更宜，静静倾听。

　　听听那些秋虫呢喃。听听那些花谢叶飞。听听那些果实坠落。风吹稻浪。有人声轻语，搅动了一地月光。

听听月光走过。

河堤上，夜风携带着秋的体香，轻手轻脚地，越过一丛芦苇去了。苇花一夕间白了头。

有夜船行驶，噗噗噗的，载着一船的秋。

枯荷几枝，露珠滑落。扑，扑，扑，像是谁的心跳。

是秋的吗？

现在，我和秋一起慢下来，时光都是自己的了。

叶子书签

在秋天里，我肯定要做一件事，就是去捡落叶。

路边，梧桐树的叶子飘落一地。枫树的叶子飘落一地。银杏树的叶子飘落一地。还有栾树的，紫薇的。多有趣啊，它们有的如舟，有的如帆，有的如鹅毛笔，有的如琉璃。红的似焰火，黄的如赤金。它们比花朵更迷人。

我捡一枚枫叶当书签。捡一枚栾树叶当书签。捡一枚银杏叶，还是当书签。梧桐叶太大了，可以在上面写字，我写下一行，亲爱的秋天。再写下一行，我爱你。

我翻开书的时候，叶子书签跳出来，书里的每个字，都像是它结出的果实。

吃月饼

秋天有个最大的盼头，就是吃月饼。

在中秋前一个星期，村部的唯一一家小商店，就把月饼采买回来了。散装的，搁在一个大缸里。我们放学时从商店门口过，可以闻得见空气里的月饼味，香甜香甜的，很浓。探头去看，总看到面皮白白的店主，在用牛皮纸包装月饼，五个一包，十个一包。他动作舒缓，瘦而白皙的手指，上下弹跳。在那时的我们眼里，那动作无疑是美的，充满甜蜜的味道。我们的心，开始生了翅膀，朝着一个日子飞翔。

终于等到中秋这一天了。起早祖父就答应了的，晚上，每人可以分到一个月饼。那一天，我们再没了心思做其他的事，只盼着月亮快快升起来。等月亮真的升起来了，我们不赏月，眼睛都齐聚到门口的小路上。祖父出现了，手里提着用牛皮纸包着的月饼，隔了老远，我们都能闻到月饼的味道，兄妹几个跳着脚去迎。祖父说，小店里挤满了人，好不容易才买到月饼。语气里有得意，仿佛他做了一件很了不得的事。

煤油灯下，祖父小心地揭开一层一层的牛皮纸，可爱的月饼就在纸上躺着，甜蜜的气息扑面而来。我们得到了向往中的月饼，用小手小心托着，心里幸福得淌出蜜来。祖母在一旁说，好东西要留着慢慢吃啊。她是怕我们一口就把月饼吞了。我们哪里用得着她叮嘱，早就想好了，要把月饼藏着，一点一点慢慢吃。一只月饼，我们总能吃上三五天的。

冷锅饼

八月中秋，吾乡家家都要打冷锅饼，敬月神。

传说此饼本是月亮娘娘所赐，原叫"冷宫饼"，后来叫着叫着，成了"冷锅饼"。

冷锅饼的材料是面粉，什么馅也不加，顶多在上面撒点芝麻。打冷锅饼之前，面粉要预先发酵，然后，锅底刷油，面粉入锅，文火慢慢煎着。这样打出的冷锅饼，又厚又大，粗陋拙朴，却外焦内嫩，松软可口。这也是我们一年一盼的美味。

早上，看到祖母在和面，我们的心，高兴得直蹦。看天，天是好的。看地，地是好的。门口的歪脖子桃树，快落光叶了，也是好的。我们哼着歌儿，像快乐的小雀。

傍晚，厨房上头的炊烟，袅袅荡起，缠

着香了。我们屋里屋外跑，等着锅子掀开的那一刻。

　　香香的饼，终于摆在跟前了，我们吃到撑。半夜里，肚子胀得疼，窗外的月亮，明晃晃的，像是在嘲笑我们，馋哦，馋哦。我们并不后悔着那顿饱吃，只是遗憾着，中秋，就这么走了。

打　枣

　　枣树家家有。

　　枣树好长，枣子掉地上，第二年就能冒出一棵小枣树来。

　　却少有大面积长的，只让它一棵两棵长着，多余冒出的小枣树，都被当杂草除去。我们也常在野地里看到枣树，那一定是鸟儿

113

的功劳。

一到秋天，我们小孩子的乐事中必有一件，打枣。每个孩子都挑得一根属于自己的竹竿，一得空了，就扛在肩上，从这家串到那家。枣树上的枣子密密的，红红的，点点闪着亮。我们仰头，也不用对准，就那么胡乱一竿子下去，只听啪啪啪，地上如弹子落。弯腰捡吧，嘴巴塞得满满的，兜里装得满满的，捡不完的，那就留给鸟儿吃吧。

当秋风剪去枣树上最后几片叶子，我们的打枣才告一段落。

采菱角

秋天采菱角，是拾来的快乐。很快乐的。

也没有特地去采，就是割猪草的时候遇见了。那时，村庄多池塘，有人家的地方有池塘，没有人家的地方，也有池塘。池塘里都长菱。弄不清怎么会有那么多菱的，反正每个池塘里都有。

夏天，圆圆的菱叶铺满池塘，小朵的白花，在叶间忽隐忽现。我们都不去惹它，等着它结菱角呢。秋天，那些菱角长成，我们割猪草割到半途，一人忽然说，我们弄点菱角来吃吧。

余下的时光，就归了池塘。我们伏在池塘边，伸手一捞，就捞上一蓬菱叶来。嫩嫩的菱角，就在叶下藏着的，一边摘一边吃吧。剥开菱角淡绿的外壳，里面裹着的菱肉，堪比荔枝。我们一口一个，又嫩又水，入口即化，微甜的汁液在嘴里面乱窜。

黄昏下，我们坐在池塘边吃着，吃着。夕照的金粉，铺满田野，有永生永世的感觉。

◆ 同步诗词

秋寄从兄贾岛

（唐）无可

暝虫喧暮色，默思坐西林。

听雨寒更彻，开门落叶深。

昔因京邑病，并起洞庭心。

亦是吾兄事，迟回共至今。

◆同步生字

níng	rě	yì
凝	惹	邑

◆同步词语

dīng	zhǔ	yí	hàn	kān	bǐ
叮	嘱	遗	憾	堪	比

◆文字游戏

1.仿写句子

（1）河堤上，夜风携带着秋的体香，轻手轻脚地，越过一丛芦苇去了。

_____

_____

（2）我们的心，开始生了翅膀，朝着一个日子飞翔。

_____

_____

（2）枣树上的枣子密密的，红红的，点点闪着亮。

_____

_____

2.短文练习

"秋风起，蟹脚痒"，秋天的趣事里，离不开吃呢。鱼肥蟹壮，人的口福不小。梅子老师是很爱吃的哦，梅子老师以为，人生不可辜负事有四：美文，美景，美乐，美食。

说说秋天里，有哪些美食你特别钟情。写下来，推荐给大家。

_____

_____

_____

◆涂涂画画

画一篮红枣，或画一篮橘子，送给你想送的人。

⑫ 秋天宜听的曲子

《檐下雨意》

阳台上的海棠花，又垂挂下一枝来，花朵累累的，如果实。吊竹梅的身上没有时光更迭的影子，它一直风采翩翩的，像个不老的美人。天有些阴，没有云朵映在窗上。鸟雀的啁啾里，却含着甜香。那是桂花和果实的香。楼下的桂花，正泛滥。

我打开王先宏先生的古琴作品《檐下雨意》，屋子里立时布满流水之声。我在乐曲里低头做事，一恍惚，好似有人在我的窗下抚琴，只听音符在琴弦上滴滴答答。一滴枫叶红。一滴银杏黄。一滴菊花肥。一滴瓜果熟。一滴思念深。

未必要到江南去，就在那江北寻常人家，院落有篱笆，屋上有

119

青瓦。青瓦之上，缠绕着渐枯的瓜藤。雨落，轻轻敲过那青瓦，抚过那瓜藤，然后顺着瓦檐滴落，"滴答""滴答"。屋角的一树枫，被雨水映照得更加鲜艳夺目，如新娘的红裙红袄。

天地如此浩渺，光阴缓慢得一如从前，宁静，从容。家人围坐檐前听雨，三岁的稚子，也有了难得的安静。忽有声音响起，草香味道弥漫："茶可泡好了？"

"好了好了。"这边朗声笑答。茶是雨水烧的茶。有客来访，没有别的好招待的，就用雨招待吧，一起喝茶听雨。

《听云》

《听云》是古琴演奏家杨青的作品。

光看看这曲名，我就喜欢上了。

世上万事万物，原都藏着音符的密码，得遇有缘人方可解。

云朵们亦如是。

古琴悠悠，乐曲潺潺，恰似花瓣随了流水，云朵们探下身来相望。世界很大，心事很小，小到只想靠近你，慢慢地靠近，不要远离。

鸟啼喈喈，一朵云落下来。两朵云落下来。三朵云落下来。它们是青藏高原的云朵吗？它们是赛里木湖的云朵吗？它们是西双版纳的云朵吗？还是我故乡上空的那几朵？它们欢呼而来，驾着风的马车，撑着风的小舟。

我听到它们走过平原上空的声音。走过河流上空的声音。走过一些斑斓的草木上空的声音。它们手捻一串串白，说着天空唯一的语言。就像植物之于大地，说着大地唯一的语言。

风摇落它们的笑声，它们的笑声多么洁白。它们赞美大地、花朵和河流。它们赞美落叶、果实和村庄。它们赞美爱人、思念和活着。

它们跳到水里，和鱼谈起了恋爱。我站在一条河边望水里面的云，我听到它们的情话，喽喽的，在水面上荡起了清波。

《秋日私语》

这个时候听听《秋日私语》，是再体己不过的事了。

这首曲子是由法国音乐家理查德·克莱德曼演奏的，五岁时，他就开始练琴，并对钢琴讲述了一个小故事《菲菲圆舞曲》，那是他创作的第一支曲子。

他的音乐，有着独特的气质，平静舒缓，又一往情深。好似谈心，他在诉说，你在倾听。

《秋日私语》也是这般，像极了一个人的轻喃，又温婉又亲切。

丝绸一般的旋律，慢慢铺开来，上面住着一个童话王国。金色的果实挂满树梢。叶子们都换上华丽的衣裙，在红色地毯上翩翩起舞。菊花开出云朵的样子。天空又高又白。

私语声啁啁啾啾，那是虫子与虫子在话别，花朵与花朵在话别，叶子与叶子在话别。露珠的吻，轻轻印上了每个人的唇。大地富足而安详。

蚂蚁们忙着搬运食物。松鼠们在打扮着它们的窝，它们在窝里铺上茅草，又铺上一层金黄火红的叶子。森林里的柿子，如红宝石一样闪闪发光。青山啊流水啊，我们来年再相见吧。蓝天啊白云啊，请你们等着我，我只是暂别，不是远离。

◆ 同步诗词

天净沙·秋思

（元）马致远

枯藤老树昏鸦，

小桥流水人家，

古道西风瘦马。

夕阳西下，

断肠人在天涯。

◆ 同步生字

piān
翩

shà
嗄

◆ 同步词语

fàn	làn		huǎng	hū		chán	rào		tī	jī
泛	滥		恍	惚		缠	绕		体	己

◆ **文字游戏**

1．仿写句子

（1）我在乐曲里低头做事，一恍惚，好似有人在我的窗下抚琴，只听音符在琴弦上滴滴答答。一滴枫叶红。一滴银杏黄。一滴菊花肥。一滴瓜果熟。一滴思念深。

_____

_____

_____

（2）风摇落它们的笑声，它们的笑声多么洁白。

_____

_____

2. 短文练习

秋天是个适合我们思念和怀想的季节，听一些好听的曲子，容易让人忆起那些经过的美好，感恩当下的拥有。比如，一曲《平湖秋月》；比如，一曲《秋思》。钢琴的好听，古筝的也好听。曲子里有的是明净高远，有的是风清月白。

在月明的夜晚，和梅子老师一起，闭起眼睛，静静聆听，让心在乐曲里滑翔。写下你这次听曲的感受。

_____

_____

_____

_____

_____

_____

_____

◆涂涂画画

　　根据一段乐曲，画出你想象中的场景。比方说，湖面上，月光荡漾。比方说，落叶在秋风中起舞，树下的小菊花们，穿着漂亮的小花裙，齐声欢唱。

13 **唱给秋天听的歌**

每一片叶子都有个

　　关于远行的秘密

每一颗果实都实现了

　　关于成熟的梦

每一滴露珠都能喊出桂花的名字

桂，桂，桂

它们一齐叫，你这迷人的小妖精

风每日里都在忙着开欢送会

它把屋子布置得富丽堂皇

红罗软帐绰绰灯光

离别的笙歌

吹出一地金黄

蚂蚁说，我要喝桂花酿

秋虫说，我要喝菊花酒

它们喝着喝着就醉了

小声呢喃，秋啊，秋啊

月亮的影子晃啊晃的

晃出了雪花的模样

◆ **文字游戏**

喜欢梅子老师唱给秋天听的歌吗？你也学着唱一首吧。

四季划分的小常识

在我国，四季划分有不同标准：

天文学上

以春分、夏至、秋分、冬至分别作为春、夏、秋、冬四季的开始。

春分：每年公历三月二十日或二十一日。

夏至：每年公历六月二十一日或二十二日。

秋分：每年公历九月二十一日或二十二日。

冬至：每年公历十二月二十一日、二十二日或二十三日。

民间习惯

以农历一、二、三月为春季；四、五、六月为夏季；七、八、九月为秋季；十、十一、十二月为冬季。

气候统计上

以公历三、四、五月为春季；六、七、八月为夏季；九、十、十一月为秋季；十二月和次年一、二月为冬季。这种四季分法与四季分明的温带地区较为符合。